ÉPITRE

MONSIEUR NICOT

RECTEUR ÉMÉRITE DE L'UNIVERSITÉ

Secrétaire perpétuel de l'Académie du Gard

NIMES

IMPRIMERIE ROGER ET LAPORTE

5, PLACE SAINT-PAUL, 5

—

1861

EPITRE

A

MONSIEUR NICOT

—

HOMMAGE A L'ACADÉMIE DE NIMES

EPITRE

À

MONSIEUR NICOT

RECTEUR ÉMÉRITE DE L'UNIVERSITÉ

Secrétaire perpétuel de l'Académie du Gard

NIMES

IMPRIMERIE ROGER ET LAPORTE

5, PLACE SAINT-PAUL, 5

—

1861

HOMMAGE A L'ACADÉMIE DE NIMES

EPITRE

A

MONSIEUR NICOT

Noble héritier du nom de qui l'antique lustre
Brille sur la cité d'une splendeur illustre ;
De celui qui, d'un roi puissant ambassadeur,
De la cour et des mers habile explorateur,

Aux fermetés du cœur unissant la science,
Conquit du Maryland la divine semence [1],
Tu maintiens comme lui dans les doctes esprits
Ce charme du bon goût dont nous sommes épris.
Aussi de Némausus la ville intelligente
Aux lettres, aux beaux-arts, jeune et toujours ardente,
A cette étoile d'or, gloire de son fanon,
Par un rayon de plus ajoutera ton nom.

Là haut, sur le parvis du temple académique,
Ne vois-tu pas briller la pléiade olympique,
De notre ciel nimois magnifique splendeur :
Séguier, de nos vieux murs savant restaurateur ;
Ménard, de nos aïeux nous rappelant l'histoire ;
Fléchier, dont nous aimons l'angélique mémoire ;
Boissy d'Anglas, Rabaut, ces tribuns éloquents ;
Florian, Becdelièvre, Alexandre Vincens,

[1] Jean Nicot, médecin célèbre, ambassadeur du roi François II près de Sébastien, roi de Portugal, de 1538 à 1560, est le premier qui apporta le tabac en France. On l'appela d'abord *nicotine*, puis *l'herbe à la reine*, enfin *tabac*.

Voir la biographie de ce célèbre Nimois dans l'histoire de Nimes de Ménard, tome 5, pages 306 et suivantes.

Qui, reflétant sur nous leur divine lumière,
Semblent de nos tournois applaudir la carrière ?
C'est là, savant Nicot, que dans un jour lointain,
Quand l'avenir pour toi, d'une prodigue main,
Aura tressé des fleurs que ma muse devance,
Nimes te garde un rang pour toi marqué d'avance.

Successeur parmi nous de tous ces chanceliers,
Des combats de l'esprit valeureux chevaliers
Qui de notre Lycée ont illustré les joutes,
Ton savoir varié sut élargir les routes
Où chacun d'eux traça son sillon lumineux.
Apôtre du bon goût, tu répandis comme eux,
Sous le parfum divin de ta docte parole,
Ce dictame enivrant, fruit de la bonne école.

Pendant que la cité, sous le souffle émouvant
De l'aveugle fortune au charme décevant,
A versé dans nos murs tout l'or de l'industrie
Et des vieux ateliers ressuscité la vie,
Toi, dans l'ombre et le calme humblement retiré,
Des faveurs de Plutus tout à fait ignoré,

Nouveau Quintilien sur nos brillantes scènes,
Tu rappelles pour nous Rome, Paris, Athènes ;
Et lorsque, de nos jours, un souffle corrupteur,
Venin pernicieux pour l'esprit et le cœur,
Voulut de ses autels chasser la muse antique,
Noble fille au front pur, à l'œil fier et pudique,
Toi, pontife sacré, rempli d'un noble orgueil,
Du temple du bon goût en préservant le seuil,
Des classiques auteurs tu nous montrais la trace,
Tu prêchais l'art divin qu'avait écrit Horàce,
Et contre le profane, ennemi du vrai beau,
Tu venais évoquer Juvénal et Boileau.

Ainsi, tel qu'autrefois on voyait au Lycée
Ce maître dont la gloire était associée
Aux triomphes d'Athène, à ses jeux éclatants,
Aux fêtes de l'Elide, à ses dieux si galants,
Appeler près de lui ses disciples fidèles
Et du génie ensemble aller ravir les ailes,
Ainsi Nicot, pour nous, doublement inspiré
De ce feu créateur dont il est éclairé,
Toujours resplendissant de sa vaste science,
De modestes travaux fait germer la semence.

Aux uns , dont il connaît l'amour sacré des arts ,
Il montre ces palais créés par les Césars ,
Les restes fastueux de la grandeur romaine ,
Ce temple qui se mire aux eaux de la Fontaine ,
Ce géant abattu dont les contours fameux
D'un immense théâtre ont abrité les jeux ,
Ces monuments si beaux, la tour, nos mosaïques ,
Jetant encor sur nous des lueurs magnifiques ;
Et sa voix, inspirant un érudit complet ,
Pelet, pour qui l'antique a perdu tout secret ,
Vient révéler à tous leur merveilleux mystère
Et des plus vieux tombeaux interroge la terre.
Germer, du moyen âge habile scrutateur ,
Des chartes des barons intrépide lecteur ,
Ne laisse aucun terrain où ce noble grimoire
Ne sorte tout entier de sa docte écritoire.
Devrons-nous rappeler *de Seynes* et *Durand,*
Gergonne, Liotard et *Valz,* faisceau savant ,
Dont la vaste science en leurs pages écrites
Ont encor de Newton reculé les limites ?
Et puis il nous souvient, ô souvenir pieux !
De l'artiste trop tôt appelé dans les cieux ,
Dont le pinceau, nourri de l'école d'Apelle ,
Traça pour l'avenir une page immortelle.

O *Sigalon* aimé ! quand le feu des beaux-arts
Te conduisit un jour aux palais des Césars,
Nimes pleura longtemps tes palmes triomphales;
Mais l'un de tes rayons, éclairant *Jules Salles,*
Sous le pinceau brillant d'un autre enfant nimois,
L'Italie en entier, ses vallons et ses bois,
Ces filles au teint brun, perles de Parthénope,
Qu'un doux parfum d'amour richement enveloppe,
Apparurent un jour à nos regards surpris
Comme ces dons heureux par un Dieu seul appris.

Autour de cette arène où l'art semble renaître,
D'autres esprits savants se font aussi connaître.
Dans le seuil de Thémis, aux fauteuils élevés,
Soit sur ces nobles bancs aux talents réservés,
Ne vois-tu pas briller ces hommes dont la toge
Du Forum chaque jour vient exciter l'éloge ?
Parmi ces orateurs, ces pontifes des lois,
Tant d'esprits éminents surgissent à la fois
Que ma muse aujourd'hui, facile à les apprendre,
N'a pour les révéler qu'à se baisser et prendre.
Dirai-je de *Béchard* le langage entraînant,
L'érudite vertu de *Maurin* ou *Daunant,*

De *Labaume*, *Teulon*, *Guizot*, la noble école,
Reflétant parmi nous l'or de son auréole?
Modernes Lamoignon, assises de nos lois,
Austères défenseurs, appui de tous les droits!

Mais ainsi qu'une fleur, dans les bois de l'Hymette,
Des cèdres de l'Attique orne souvent la tête ;
Comme on voit aux hauteurs où sont assis les dieux
Se mêler quelquefois des concerts gracieux,
Ainsi de ses accords la muse du Permesse
Sait marier ici la grâce à la sagesse.
Pour fêter dignement le symbolique Hymen,
Elle s'assied au temple, une lyre à la main ;
Et dans la Vénusté qui toujours l'environne,
De lauriers et de fleurs elle offre une couronne.
Noble fille du ciel, maintiens ici toujours
Ces nœuds si bien formés de tes chastes amours !
Et pendant que chacun sourit à ce doux songe,
Entendez-vous les chants de *Reboul*, de *Canonge*,
Délicieux échos qui disent à la fois
Les mystères du ciel ou le secret des bois?
Qui sait, lorsque leur main, jeune et timide encore,
N'effleurait qu'avec peine un luth à son aurore,

Si tes leçons, Nicot, comme un sens inspiré,
N'ont pas guidé leurs pas au vallon désiré?
D'autres aussi touchants, mais dont l'aimable source
S'éteignit trop rapide au milieu de sa course,
Charmaient aussi comme eux nos cœurs et nos esprits
De l'amour du pays et de ses champs épris,
Brun, que nous aimions tous, dont la muse fidèle
Répandait sur Saint-Gille un éclat digne d'elle,
Célébrait comme Horace, à l'abri d'un ciel pur,
Les triomphes d'Auguste ou les bois de Tibur.

Ainsi, loin des rayons du profane vulgaire,
Ta voix vient ennoblir les murs du sanctuaire;
Et pendant que les arts, les lettres, les beaux vers,
Font naître autour de toi mille charmants concerts,
A travers la fissure où s'empresse la foule,
Avide de ce miel qui des bords filtre et coule,
Plus d'un vaillant esprit, athlète ambitieux,
Au prix de maints efforts pénètre dans ces lieux.
Nimes à tes leçons, plus savante et plus fière,
Se réchauffe aux lueurs de ta docte lumière :
Les champs en ont grandi; les monuments des arts
Révélés, mieux compris; les restes des Césars,

Rayonnant parmi nous leur grandeur souveraine,
Sont encor les reflets de la grandeur romaine.
Et puis, que de progrès dans nos mœurs! Les esprits
Plus portés à savoir, mieux guidés, mieux appris,
Comme les flots calmés d'une mer poétique,
Du temple des beaux-arts inondent le portique.

Oui, c'est à ton savoir, Nicot, à tes leçons
Que le pays a dû ces brillantes moissons.
Fille de Richelieu, la noble Académie
A repris sous ton aile une plus belle vie.
Secouant tous les ans l'or de son riche écrin,
Des bords de notre Vistre aux rivages du Rhin,
Sa voix, comme l'écho du vallon poétique,
Invite à ses concerts tout le monde olympique.

Et nous, humble roseau près de ces hauts peupliers,
En tressant pour ton front de modestes lauriers,
Nous avons invoqué pour notre faible verbe
Ce rayon créateur qui colore un brin d'herbe,
Dans mon infirmité, certain que mon discours
De ta seule vertu peut prendre un peu secours.

Trop flatté si j'ai pu, sur ma lyre incomplète,
Des hommages de tous être un digne interprète !

Montfrin, octobre 1861.

Nimes. — Impr. Roger et Laporte.